KU-508-910

Tha an leabhar seo
le:

Do Emma, Elsie agus Emile... M.R.   ✳ ᥅ ✳   *Do Frazer McGown* le gaol Antaidh Gilly

A' chiad fhoillseachadh sa Bheurla 2015 ann am Breatainn le Walker Books, 87 Vauxhall Walk, Lunnainn, SE11 5HJ

www.walkerbooks.co.uk

10 9 8 7 6 5 4 3 2 1

© an teacsa Bheurla le Michael Rosen, 2015
© nan dealbhan le Gillian Tyler, 2015

Tha Michael Rosen agus Gillian Tyler a' dleasadh an còraichean a bhith air aithneachadh mar ùghdar agus neach-deilbh na h-obrach seo.

Na còraichean uile glèidhte. Chan fhaodar pàirt sam bith dhen leabhar seo ath-riochdachadh an cruth sam bith, a stòradh ann an siostam a dh'fhaodar fhaighinn air ais, no a chur a-mach air dhòigh sam bith, eileactronaigeach, meacanaigeach, samhlachail, clàraichte no ann am modh sam bith eile gun chead ro-làimh bhon fhoillsichear.

A' chiad fhoillseachadh sa Ghàidhlig an 2016 le Acair Earranta, An Tosgan, Rathad Shìophoirt, Steòrnabhagh, Eilean Leòdhais HS1 2SD

info@acairbooks.com   **www.acairbooks.com**

© an teacsa Ghàidhlig Acair, 2016
An tionndadh Gàidhlig le Dolina NicLeòid
An dealbhachadh sa Ghàidhlig le Mairead Anna NicLeòid

Tha Acair a' faighinn taic bho Bhòrd na Gàidhlig.

Fhuair Urras Leabhraichean na h-Alba taic airgid bho Bhòrd na Gàidhlig le foillseachadh nan leabhraichean Gàidhlig *Bookbug*.

Gheibhear clàr catalog CIP airson an leabhair seo ann an Leabharlann Bhreatainn.

LAGE/ISBN 978-0-86152-427-3

Clò-bhuailte ann an Sìona

Thèid sinne air a' bhus!

Michael Rosen

Gillian Tyler

Seall air mo stoidhle,
a' falbh air dà chuibhle

'S ann oirnn bhios
a' ghàir'
a' dol astar sa chàr

Uisge trom? –
Air an trèan'

Cha bhi
oirnn drèin.

Ach 's e am bus as fheàrr leinne.
Thèid sinne air a' bhus.

'S toigh leam a bhith
marcachd a-muigh
air muin each

’S toigh leam a’ gheòla,
’s ann oirre a bhios mi
seòladh

'S ann oirnn bhios am fonn, a' siubhal nan tonn.

Ach 's e am bus
as fheàrr leinne.
Thèid sinne
air a' bhus.

Bu mhath a bhith
snàmh air biast
de dh'iasg

Sgrìobhainn sgeul
nam shuidhe air neul

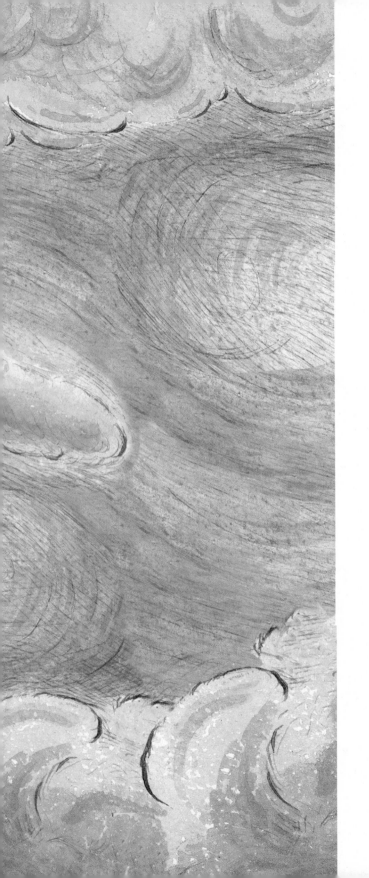

Bhithinn cho dòigheil
air m' itealaig bhòidhich.

Ach 's e am bus as fheàrr leinne.
Thèid sinne air a' bhus.

Chan eil an
slaod trom,

is na fèidh
a' falbh leam

Dheidhinn air falach
nan ruiginn a' ghealach

No cuairt air mathan,
nam biodh e san fhasan.

Ach, 's fheàrr
leinne am bus.
'S e am bus as
fheàrr leinne.
Thèid SINNE
air a' bhus!